Made in the USA
Monee, IL
02 February 2023

26975364R00068